LOS LIBROS SOBRE JOSEFINA

❋

ASÍ ES JOSEFINA · Una niña americana

Las cosas no van muy bien en el rancho de la familia de Josefina después de la muerte de su madre; hasta que ocurre algo sorprendente que le da a Josefina esperanzas... y una maravillosa idea.

❋

JOSEFINA APRENDE UNA LECCIÓN · Un cuento de la escuela

La tía Dolores trae cambios emocionantes para Josefina y sus hermanas. Pero, ¿harán estos cambios que las niñas se olviden de su madre?

❋

UNA SORPRESA PARA JOSEFINA · Un cuento de Navidad

Una celebración navideña muy especial ayuda a devolver la alegría a Josefina y su familia.

Así es Josefina

UNA NIÑA AMERICANA

VALERIE TRIPP

VERSIÓN EN ESPAÑOL DE JOSÉ MORENO

ILUSTRACIONES JEAN-PAUL TIBBLES

VIÑETAS SUSAN McALILEY

PLEASANT COMPANY

Published by Pleasant Company Publications
For information, address: Book Editor, Pleasant Company Publications,
8400 Fairway Place, P.O. Box 620998, Middleton, WI 53562.

First Edition (Spanish).
Printed in the United States of America.
97 98 99 00 01 02 RND 10 9 8 7 6 5 4 3 2 1

The American Girls Collection® is a trademark registered in the U.S. and Mexico.

PICTURE CREDITS
The following individuals and organizations have generously given permission to reprint
illustrations contained in "Looking Back": p. 78—*Don Pedro de Peralta surveying the site for Santa Fe
in 1610*. Painting by Roy Grinnell. Courtesy Sunwest Bank of Santa Fe and Roy Grinnell;
p. 79—*Las quebradoras*, artist unknown (19th century), Museo Nacional de Historia, Mexico City;
p. 80—Photos by John MacLean. Artifacts from a private collection; *El fandango mexicano*
(El jarave), Hesiquio Iriarte; p. 81—Cat. #42247/12 San Juan Moccasins. Blair Clark photo.
Museum of Indian Arts & Culture/Laboratory of Anthropology, Santa Fe, New Mexico;
Photo by Ben Wittick, courtesy Museum of New Mexico, neg. 56120 (pueblo); p. 82—Photograph
by Michael Freeman from *ADOBE* by Orlando Romero and David Larkin. Compilation copyright
© 1994 by David Larkin. Reprinted by permission of Houghton Mifflin Company. All rights
reserved. (courtyard); p. 83—From the collections of the Millicent A. Rogers Museum, Taos,
New Mexico. BL65. (blue blanket); The Spanish Colonial Arts Society, Inc. Collection on loan to
the Museum of New Mexico at the Museum of International Folk Art, Santa Fe (red blanket,
white blanket); arqueta, 18th century, Olinala, Guerrero, from the collection of the Museo de
Franz Mayer, Mexico City (trunk); The Brooklyn Museum, Museum Collection Fund and
the Dick S. Ramsay Fund (dishes); photos © 1996 by Jack Parsons. Items from the collection
of The Spanish Colonial Arts Society (necklace, hair comb); p. 84—Image by Josiah Gregg,
Commerce of the Prairies, University of Oklahoma Press (mule train); *Dragón*, Claudio Linati,
in *Trajes civiles, militares y religiosos de México (1828)*.

Edited by Peg Ross
Designed by Mark Macauley, Myland McRevey, Laura Moberly, and Jane S. Varda
Art Directed by Jane S. Varda
Spanish Edition Directed by The Hampton-Brown Company

Library of Congress Cataloging-in-Publication Data

Tripp, Valerie, 1951-
[Meet Josefina, an American girl. Spanish]
Así es Josefina, una niña americana / Valerie Tripp; versión en español de José Moreno;
ilustraciones de Jean-Paul Tibbles; viñetas de Susan McAliley.

p. cm. — (The American girls collection)
Summary: Nine-year-old Josefina, the youngest of four sisters living in New Mexico in 1824,
tries to help run the household after her mother dies.
ISBN 1-56247-496-0 (pbk.)
[1. Ranch life—New Mexico—Fiction. 2. Mexican Americans--Fiction. 3. Sisters—Fiction.
4. Aunts—Fiction. 5. New Mexico--History—To 1848—Fiction. 6. Spanish language materials.]
I. Moreno, José. II. Tibbles, Jean-Paul, ill. III. McAliley, Susan. IV. Title. V. Series.
[PZ73.T75 1997] [Fic]—dc21 97-19934 CIP AC

PARA MI ESPOSO, MICHAEL
Y MI HIJA, KATHERINE
CON CARIÑO

Al leer este libro, es posible que encuentres ciertas palabras que no te resulten conocidas. Algunas son expresiones locales, que la población de habla española usaba, y usa aún hoy, en Nuevo México. Otras son usos antiguos que alguien como Josefina y su familia habría utilizado en el año 1824. Pero piensa que, si dentro de dos siglos alguien escribiera una historia sobre tu vida, es probable que nuestra lengua le resultara extraña a un lector del futuro.

CONTENIDO

EL PADRE
*El señor Montoya,
que guía a su familia y
dirige el rancho con
callada fortaleza.*

ANA
*La hermana mayor de
Josefina, que está casada
y tiene dos hijitos.*

JOSEFINA
*Una niña de nueve
años con un corazón
y unos sueños tan
grandes como el cielo
de Nuevo México.*

FRANCISCA
*La segunda hermana.
Tiene quince años y es
obstinada e impaciente.*

CLARA
*La tercera hermana.
Tiene doce años y es
práctica y sensata.*

EL ABUELO
*El padre de la madre
de Josefina, un
comerciante que lleva
caravanas a México.*

LA TÍA DOLORES
*La hermana de la madre.
Ha vivido diez años en
Ciudad de México.*

LAS FLORES DEL RECUERDO

Josefina Montoya canturreaba al sol esperando la llegada de sus hermanas. Era una clara mañana de fines de verano, corría la brisa y ella y sus hermanas tenían que ir al río a lavar. El canasto de Josefina estaba lleno de ropa, pero no importaba. Le parecía delicioso ir al río en un día así, bajo aquel cielo tan azul. ¡Quién pudiera tocarlo! Estaba segura de que sería suave y fresco.

A Josefina le encantaba pararse frente a su casa, donde se sentía parte de la vida del rancho de su padre. Allí olía el humo del fuego de la cocina y veía las vacas y las ovejas que pastaban en los campos. La hierba dorada se extendía hasta las

verdes y arboladas laderas de los cerros, y los altos
picos de las montañas se elevaban al cielo. Allí
podía oír todos los sonidos del rancho: el cacareo
de las gallinas, los rebuznos de los asnos, los
ladridos de los perros, el trinar de los pájaros, el
martilleo de los peones, alguien riéndose en la
lejanía. Esos sonidos eran como una música
para Josefina, una música a la que el
viento se unía cuando susurraba entre
las hojas de los álamos. Y siempre,
al fondo, el murmullo del río.

Josefina miró a lo lejos protegiéndose los ojos
del sol. En la distancia podía ver a su padre erguido
sobre su caballo. Estaba hablando con los peones
en la milpa, cerca del río. El rancho pertenecía a la
familia de su padre desde hacía más de cien años.
Todo ese tiempo su familia había cuidado de la
tierra y los animales. No era una vida fácil, y todos
tenían que trabajar duro. Algunos años había lluvia
suficiente, y entonces los campos producían en
abundancia, y los animales gozaban de buena salud.
Otros años había sequía, la tierra se resecaba y el
ganado pasaba sed. Pero, con escasez o abundancia,
el rancho había salido adelante, dándoles a Josefina

y su familia todo lo que necesitaban: ropa, comida y techo. Josefina lo adoraba. Era su hogar, y le parecía el lugar más bello de todo Nuevo México; el lugar más bello del mundo entero.

Cuando Ana, su hermana mayor, salió por fin de la casa, Josefina bailaba impaciente al compás de su canción.

—Me recuerdas uno de esos pajaritos que brincan de pata en pata mientras cantan —le dijo Ana.

—Si fuera un pájaro —contestó Josefina sonriendo—, ya habría volado de aquí al río por lo menos veinte veces. ¡Llevo esperando una eternidad! ¿Dónde andan Francisca y Clara?

—Ya vienen —dijo Ana suspirando—, todavía no han decidido a quién le toca llevar el cajete.

Josefina y Ana se miraron disgustadas. Ellas dos se llevaban muy bien, pero Francisca y Clara, las hermanas del medio, casi nunca estaban de acuerdo. Y siempre era por alguna tontería. Para Josefina eran como unos chivos que había visto, que se embestían sin motivo alguno.

Finalmente aparecieron, y era fácil adivinar quién había ganado la disputa. Francisca iba muy contenta con un canasto de ropa en equilibrio sobre su cabeza. Clara cargaba la gran tina de cobre con gesto enojado.

Josefina puso su canasto en la tina y le dijo a Clara: —Yo agarro un asa, y así lo llevaremos entre las dos.

Clara le dio las gracias, aunque en su tono había más fastidio que gratitud. Josefina sabía cómo animarla.

—¡A ver quién llega primero al río! —exclamó.

—No, por favor... —intentó decir Francisca, a quien no le gustaba ninguna actividad que pudiera estropearle el vestido o el pelo.

Pero Josefina y Clara ya habían echado a correr, así que Francisca y Ana tuvieron que seguirlas.

Las cuatro hermanas galoparon por el sendero que bajaba hasta el riachuelo entre sembrados y huertos de árboles frutales. Josefina y Clara llegaron primero, soltaron la tina, se quitaron los mocasines de un puntapié y entraron corriendo en el río. Luego se dieron vuelta y empezaron a salpicar a Ana y Francisca, que se reían a carcajadas bajo la llovizna.

—¡Basta! —gritaba Francisca levantando su

—¡A ver quién llega primero al río! —exclamó Josefina.

canasto para protegerse la cara.

—Ya está bien, niñas —dijo Ana con amable severidad—, hemos venido a lavar la ropa de los canastos, *no* la que llevamos puesta.

Josefina y Clara, que de todos modos estaban ya sin aliento, dejaron de salpicar y llenaron la tina con agua del río. Josefina se arrodilló junto a la tina.

Sacó una raíz de amole de la bolsa de cuero que colgaba de su faja y comenzó a machacarla entre dos piedras. La raíz triturada formó en el agua una delicada espuma de burbujas jabonosas. Josefina metió una camisa en la tina y la restregó vigorosamente. Después la enjuagó meneándola en la corriente.

raíz de amole

El sol le calentaba la cabeza y la espalda, y el agua refrescaba sus brazos. Le gustaba pensar que esa agua comenzaba siendo nieve en las cumbres de la sierra. La nieve se derretía y descendía hasta aquel pequeño remanso sin perder ni una pizca de su maravillosa frescura. Sabía que el agua daba vida al rancho, que desde el río era desviada a las acequias para regar los campos de cultivo. Sin ella nada crecería.

Josefina retorció la camisa y observó cómo las gotas se escurrían de vuelta al riachuelo y seguían su camino. Después, y con mucho esmero, extendió la camisa sobre un arbusto.

—El sol y el aire secarán la ropa enseguida —dijo mientras lavaba unas medias.

—Sí —confirmó Ana—. Mamá hubiera dicho: "¿Ven niñas? Dios nos ha dado un maravilloso día seco; los lunes se lava hasta en el cielo."

—Y luego hubiera dicho: "Cúbranse la cara con el rebozo si no quieren que se les ponga la piel como cuero viejo" —añadió Francisca, siempre atenta a su piel.

Las cuatro rieron levemente, pero después callaron. Cuando hablaban de su madre se ponían serias y pensativas. Ella había muerto algo más de un año antes, y el dolor no abandonaba sus corazones.

rebozo

Josefina miró hacia el río y escuchó el gorgoteo de la corriente. Desde la muerte de su madre había aprendido una verdad a la vez dulce y amarga: había aprendido que el amor no tiene fin. Siempre querría a su madre y por eso siempre la extrañaría.

Josefina supo que sus hermanas también pensaban en su madre cuando Francisca dijo:

—Miren, ¿ven esas flores amarillas al otro lado del río? —Las señalaba con una mano enjabonada—. ¿No son adelaidas? Están a la sombra y por eso todavía no se han marchitado esta mañana. A mamá le gustaban mucho.

—Sí —dijo Clara, de acuerdo por una vez con Francisca—. ¿Por qué no recoges algunas, Josefina? Podrías secarlas y ponerlas en tu caja de recuerdos.

—Buena idea —contestó Josefina.

El padre de Josefina le había regalado una cajita de madera que había pertenecido a su esposa. Josefina la llamaba "mi caja de recuerdos" porque en ella guardaba pequeños objetos que le recordaban a su madre. Allí había, por ejemplo, un trozo del jabón de lavanda que tanto le gustaba. La caja era obra del tatarabuelo de Josefina. En la tapa tenía tallado un sol que asomaba tras la montaña más alta para iluminar el rancho, tal como lo veía Josefina cada amanecer.

La forma más rápida y más seca de llegar a las adelaidas era pasar por un árbol caído que formaba un angosto puente sobre el río. Josefina subió al tronco y empezó a caminar con los brazos abiertos para mantener el equilibrio.

—¡Ten cuidado! —le gritó Ana, quien por ser la mayor había tenido que ocuparse de los cuidados maternales desde la muerte de la madre.

Josefina no se consideraba nada valiente. Era miedosa con las serpientes, las escopetas y los relámpagos, y muy tímida con los desconocidos. Pero no tenía miedo de subirse a un tronco que, al fin y al cabo, tampoco estaba tan alto. Cruzó pues el río, recogió las adelaidas y metió los tallos en su bolsa dejando fuera las flores amarillas para que no se dañaran. A la vuelta decidió burlarse de Ana y hacerla reír fingiendo que perdía el equilibrio. Primero se tambaleó agitando los brazos. Luego avanzó con pasos cada vez más vacilantes.

las adelaidas en la bolsa

—Señorita Montoya —dijo Ana, al ver que su hermana estaba tonteando—, ¿cómo puede usted ser tan modosita y amable con la gente cuando es así de traviesa con sus hermanas? ¡Estás jugando con mi vida! ¡Me volverás vieja antes de tiempo!

—Estás hablando como abuelito —respondió
Josefina saltando del tronco—. Sí, sí, mis bellas
nietas —añadió imitando a su abuelo—, ha sido el
gran viaje de mi vida. ¡Qué aventuras! ¡Qué
aventuras! Pero ha de ser mi última salida. ¡Cómo
me envejecen estos viajes! Me vuelven...

—¡...viejo antes de tiempo! —entonaron a coro
las cuatro hermanas.

El abuelo siempre repetía lo mismo después
de cada expedición. Era el padre de su madre y se
dedicaba al comercio. Una vez al año organizaba
una gran caravana compuesta de muchas carretas
tiradas por bueyes y numerosas mulas cargadas de
fardos. Mulas y carretas partían de Nuevo México
con lana, cuero y frazadas y viajaban más de mil
millas hacia el sur hasta alcanzar la Ciudad de
México. La senda usada por las caravanas era
conocida como el Camino Real.

Cuando llegaba a la ciudad, el abuelo cambiaba
las mercancías de Nuevo México por objetos
que venían de todo el mundo: sedas,
encajes y tejidos de algodón;
papel, tinta, libros y herramientas
de hierro; café, azúcar y loza fina.

Después cargaba la caravana e iniciaba el largo regreso hacia el norte.

Ya habían pasado más de seis meses desde la última partida, y las cuatro hermanas estaban ansiosas esperando en cualquier momento la aparición de la caravana. Su rancho era siempre la última parada antes de Santa Fe, ciudad donde vivía el abuelo.

—¡Tengo tantas ganas de que llegue abuelito! —dijo Josefina.

Para ella la llegada de la caravana era el acontecimiento más emocionante que ocurría en el rancho. Las carretas venían repletas de tesoros con destino al mercado de Santa Fe, pero el principal tesoro era el abuelo mismo, sano y salvo y lleno de historias maravillosas. A veces la caravana atravesaba tormentas de arena tan terribles que oscurecían el sol. A veces tenía que cruzar ríos desbordados o áridos desiertos. Y a veces la atacaban bandidos o animales salvajes. Al abuelo le encantaba contar sus aventuras, y sus nietas lo escuchaban maravilladas.

—Algún día viajaré en la caravana con abuelito —dijo Francisca, pensando en voz alta, mientras enjuagaba una camisa en la corriente—. Veré todo lo que hay que ver y luego me iré a vivir en la Ciudad de México con la tía Dolores, la hermana de mamá. Seguro que vive en una gran mansión y conoce a toda la gente elegante.

Clara arqueó las cejas y restregó con rabia la ropa que lavaba: —Eso es un disparate —dijo—. Apenas conocemos a la tía Dolores. No la hemos visto en los diez años que lleva viviendo en la ciudad.

Francisca sonrió con aire de superioridad: —Soy mayor que tú, Clara; tenía casi seis años cuando la tía Dolores se marchó. La recuerdo muy bien.

—Tal vez —dijo Clara en tono mordaz—, pero si *ella* te recuerda a *ti*, estoy segura de que no querrá que vivas en su casa.

Francisca hizo una mueca, y ya se disponía a contestar con algún sarcasmo cuando Josefina intervino tratando de mantener la paz: —Ana, ¿qué querrías que nos trujiera abuelito?

—Zapatos para mis dos chiquitos —respondió Ana.

—Yo espero que traiga el arado que papá necesita —dijo Clara, siempre tan práctica.

12

—¡Qué sosa! —dijo Francisca—. Yo espero que me traiga un nuevo encaje.

—Piensas demasiado en tu apariencia —le dijo Clara.

Francisca sonrió con desdén: —Acaso deberías tú...

Pero Josefina volvió a interrumpirla: —Bueno, sé de una cosa que *todas* estamos esperando: ¡chocolate! —dijo festivamente.

—¡Una montaña! —añadieron Francisca y Clara al mismo tiempo, lo que provocó la risa de ambas.

—No nos has platicado lo que tú esperas —le dijo Ana a Josefina mientras escurría una enagua—. Tal vez estás esperando una sorpresa.

—Tal vez —dijo Josefina sonriendo.

La verdad es que no sabía cómo nombrar su deseo. Lo que más anhelaba es que hubiera armonía entre sus hermanas. Quería que en la familia reinara la tranquilidad y que su padre volviera a estar alegre y risueño. Añoraba los tiempos en que su madre vivía.

Después de la muerte de su madre, Josefina había pensado que el mundo debía acabarse. ¿Cómo podía continuar la vida de todos ellos sin

13

su madre? Parecía injusto y hasta cruel que nada se detuviera. El sol salía y se ponía, las estaciones se sucedían y seguía habiendo quehaceres cada día. Había ropa que lavar, malas hierbas que arrancar, animales que alimentar y medias que remendar.

Pero, ahora que había pasado un año, Josefina empezaba a comprender que la monotonía de la vida en el rancho era su mejor consuelo. Su madre parecía más cercana cuando Josefina y sus hermanas estaban juntas lavando, remendando, cocinando o limpiando. Las cuatro procuraban realizar esos quehaceres como su madre les había enseñado. Todos los días trataban de recordar sus oraciones, sus buenos modales y la forma correcta de hacer cada cosa. Pero no era fácil sin la cariñosa dirección de su madre.

Josefina miró las adelaidas que llevaba en la bolsa y pensó en su madre. ¡Cuánta confianza tenía en las cuatro! Siempre sacaba lo mejor de ellas, y todo era mucho más complicado ahora que ya no estaba allí. Francisca y Clara reñían. Ana se preocupaba. Josefina se sentía muchas veces perdida e insegura. Y su padre enmudecía. Josefina suspiró; no creía que la caravana pudiera traerles ninguna ayuda.

—Aquí llega una sorpresa, pero no te va a agradar, Josefina —dijo Clara.

Josefina alzó la vista y exclamó: —¡Ay, no!

Un pequeño rebaño de cabras bajaba del cerro para beber en el río. Josefina aborrecía las cabras y especialmente a una de ellas: se llamaba Florecita y era la más grande, vieja y malvada del rebaño. Era una cabra traicionera y peleona. Mordía, embestía y era capaz de comerse cualquier cosa. Josefina le tenía miedo y frunció el ceño al distinguirla en un extremo del rebaño.

—¡Ea, Josefina! —dijo Ana cuando vio la mueca de su hermana—. No te deben disgustar *estos* chivos. Es *nuestro* rebaño.

Casi todas las ovejas y cabras del rancho estaban aún en los pastizales de verano, en las montañas. Pero aquel rebaño se mantenía cerca del rancho porque daba leche para beber o para hacer queso. Esas cabras habían pertenecido a la señora Montoya, quien al morir las había dejado en herencia a sus hijas. Josefina habría preferido que no lo hubiera hecho. Su madre siempre la había defendido de las cosas que la molestaban o asustaban, y por eso la protegía de las cabras.

—Los chivos son todo lo que tú no eres —le decía—. Son atrevidos, molestos y malvados. No me asombra que no te gusten.

Josefina estaba segura de que su madre nunca pretendió que ella tuviera trato alguno con las cabras, de modo que en lo posible las evitaba. Pero justo en ese instante vio a Florecita dirigiéndose hacia ella.

—Quiere las flores de tu bolsa —le dijo Francisca.

Josefina tapó las flores con la mano para impedir que la cabra se las arrebatara. ¡Podían ser la últimas adelaidas del año!

—¡Fuera! —le dijo débilmente a Florecita agitando su mano libre—. ¡Vete de aquí!

—¡Fuera! ¡Aparta! —gritaban sus hermanas con más energía.

Pero la cabra ni siquiera aminoró el paso y siguió avanzando hacia Josefina. Sus ojos amarillos estaban fijos en las flores que asomaban de la bolsa.

—Amenázala con un palo —sugirió Francisca.

—Salpícala —aconsejó Ana.

—Tírale una piedra —recomendó Clara.

Josefina, sin embargo, retrocedió. Ya había sufrido antes los topetazos de Florecita y no deseaba repetir la experiencia. Consiguió subirse al tronco que atravesaba la corriente, pero el animal no detuvo su avance. Josefina dio un paso atrás, luego otro y entonces, ¡CATAPLÁS! Perdió pie y cayó al río. Como éste no era muy profundo, aterrizó en su lecho con un estrepitoso golpetazo.

—¡Ay, no! —gimió al ver que en su bolsa sólo quedaba un ramillete de adelaidas.

Las demás flores flotaban en el agua. Florecita las apresó con sus siniestros dientes y las masticó con aire satisfecho. Después, dio media vuelta y regresó tranquilamente junto al rebaño.

—¿No te lastimaste? —preguntó Ana a
Josefina—. No deberías dejarte maltratar de esa
manera por Florecita —añadió afectuosamente
mientras la ayudaba a ponerse en pie.

Josefina escurrió su falda y sonrió: —Quise
hacerle frente a Florecita, y ¿ya ven?, acabé por
caer de espaldas —bromeó.

Las cuatro rieron, pero Josefina estaba
realmente enojada con Florecita, y más aún consigo
misma por dejar que la cabra la acobardara.
Mirando el ramillete de adelaidas que quedaba
en su bolsa pensó en otra cosa que quería y que
la caravana sin duda no le traería: valentía para
hacerle frente a Florecita.

CAPÍTULO
DOS
—

LA SORPRESA
DEL ABUELO

El sol de la tarde era tan abrasador
que la tierra relumbraba. Josefina metió
una jícara en la vasija de agua y tomó
un largo trago. Como todos en el rancho, ese día
se había levantado de la siesta antes de lo
acostumbrado. Su padre había oído que la caravana
no estaba lejos. ¡Llegaría esa misma tarde! Todos se
ajetreaban impacientes preparando la llegada.

Josefina virtió agua en el hueco de su mano y
se refrescó la cara, primero una mejilla y luego la
otra. Después abrió la mano y dejó caer el agua
sobre el pequeño arriate de flores que se encontraba
a sus pies. Su madre había plantado estas flores
en una esquina resguardada del patio trasero.

La casa de Josefina estaba construida en torno a
dos patios cuadrados conectados por un
estrecho corredor. El delantero estaba
rodeado por las habitaciones donde
vivían ella y su familia. Alrededor del
patio trasero había talleres, almacenes
y dormitorios para los criados.

La señora Montoya, siempre con Josefina
a su lado, había cuidado amorosamente las flores
del patio. Las había plantado con semillas enviadas
desde la Ciudad de México por su hermana Dolores.
Josefina recordaba cómo se alegraba su madre
cuando la caravana llegaba con semillas de la tía.
Siempre le había parecido milagroso que, con un
poco de agua y la solicitud de su madre, brotaran
flores tan bellas y vistosas de aquellas semillitas
pardas. Desde la muerte de su madre, Josefina
cuidaba las flores con todo el esmero posible.
Ahora las roció con el resto del agua que quedaba
en la jícara.

—Me place, Josefina, que te acuerdes de regar
las flores de tu madre.

La niña se volvió y vio a su padre. Era tan alto
que para mirarlo a la cara tenía que alzar el mentón.

—A tu madre se le daban bien las plantas, ¿no crees? —añadió el señor Montoya.

—Sí, papá —contestó Josefina—. Mamá adoraba las flores.

—Cierto —dijo su padre metiendo la jícara en la vasija de agua—, y me han contado que a Florecita también le gustan.

Josefina se sonrojó.

—No te preocupes, a esa chiva le darás su merecido cuando estés lista —dijo su padre.

Josefina sonrió con algo de vergüenza. Las cejas de su padre eran muy pobladas, y su aspecto resultaba algo fiero hasta que se descubría la bondad de sus ojos. Las cuatro hermanas tenían hacia él una actitud respetuosa y más bien tímida. Siempre había sido hombre de pocas palabras, pero desde la muerte de su esposa se había vuelto aún más callado. Josefina sabía que sus silencios no se debían a la dureza o a la irritación, sino al desconsuelo. Lo sabía porque ella misma tenía a menudo ese sentimiento.

La señora Montoya solía decir que Josefina y su marido eran iguales: callados con todos menos con la familia, pero llenos de ideas por dentro. Él nunca

había sido tan abierto y sociable como su esposa. Era ella quien recordaba los nombres de todos, desde la persona más anciana hasta el último recién nacido en la aldea. Nunca olvidaba preguntar por la salud de un enfermo o por cómo iban las puestas de las gallinas. Además ofrecía consejos útiles sobre todo tipo de asuntos, desde el cultivo de calabazas hasta el teñido de la lana. Era una mujer querida y respetada que se ocupaba del hogar mientras su esposo manejaba el rancho. Para él había sido una auténtica compañera, y Josefina sabía que su padre la añoraba con toda el alma.

El señor Montoya volcó la jícara para que las

últimas gotas de agua cayeran en las flores.
Después sonrió a su hija y salió por el portón
en dirección al campo.

Josefina llevó la vasija a la cocina.

—¡Dichosos los ojos...! —le dijo Ana. Sus
manos estaban cubiertas de harina, por lo que
se secaba el sudor de la frente con el dorso de la
muñeca. El calor de las llamas le enrojecía la cara
y le encrespaba el cabello. Ollas y sartenes con
aromáticos guisos humeaban, borboteaban y
chisporroteaban en los fogones.

Siempre se celebraba un gran baile nocturno
tras la llegada de la caravana. Al fandango estaban
invitados los vecinos de la aldea, los amigos del
poblado de los indios pueblo y los viajeros de la
caravana. Todos acudían a la casa de los Montoya
para comer, beber, cantar y bailar festejando el
regreso de la expedición. La señora Montoya
siempre había sabido lo que debía hacerse para
preparar el fandango, pero ésta era la primera vez
que Ana se encargaba de esos preparativos. Josefina
podía ver que su hermana mayor estaba muy
agobiada a pesar de la ayuda de Carmen, la
cocinera. Otras dos criadas hacían tortillas a toda

prisa. Francisca y Clara colaboraban pelando, picando y revolviendo tan rápido como sus manos permitían.

tortillas en el asador

—Gracias por el agua —dijo Ana dando un canasto a Josefina—. Ahora hazme el favor de ir al huerto y traerme unas cebollas.

—Yo también iré. Necesitamos tomates —dijo Francisca.

El huerto estaba junto al patio trasero. Josefina siempre había pensado que era como una frazada extendida sobre el suelo, con sus ordenadas hileras de frutas, legumbres y verduras formando bandas de llamativos colores. Las calabazas eran de color anaranjado, los chiles rojos, los melones verde claro y los frijoles verde oscuro. La tierra tenía entre las hileras un oscuro color pardo rojizo gracias al agua que las jóvenes traían del río a diario. Una valla de estacas bordeaba el terreno como un fleco de cobija para protegerlo de los animales hambrientos. Las hermanas estaban muy orgullosas de su huerto.

Josefina había llenado el canasto de cebollas

—Gracias por el agua —dijo Ana—. Ahora hazme el favor
de ir al huerto y traerme unas cebollas.

cuando, de pronto, se levantó. Francisca también se levantó, y las dos se miraron.

—¿No es...? —empezó a decir Francisca.

—Chsss... —murmuró su hermana llevándose el dedo índice a los labios.

Josefina ladeó la cabeza tratando de escuchar con atención. ¡Sí, eran ellos! El resonante crujir de ruedas de madera que se oía sólo podía significar una cosa: ¡la caravana se acercaba!

Francisca también lo oía. Las dos niñas se sonrieron, agarraron sus canastos y se lanzaron disparadas hacia el portón.

—¡Ya llega la caravana! —gritaban—. ¡Ana, Clara, ya llega!

Soltaron sus canastos frente a la puerta de la cocina en el momento que Clara salía corriendo para unirse a ellas.

Las tres hermanas se precipitaron a través del patio delantero y subieron como centellas las

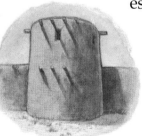

escaleras de la torre que había en el muro sur. La ventana de la torre era muy estrecha, y Josefina se arrodilló para mirar por la parte inferior mientras sus hermanas trataban de ver algo por encima de su cabeza.

Al principio sólo pudieron ver una nube de polvo que se arremolinaba por el camino de la aldea. El sonido de las ruedas aumentaba a cada momento. Enseguida oyeron el tintineo de los arneses, los ladridos de los perros, los gritos de la gente y un repicar de campanas en la aldea. Luego vieron centellear el sol en las armas y botones de unos soldados que surgieron por la loma. Finalmente aparecieron las mulas, una tras otra. A Josefina le pareció que había unas cien o más. Las bestias cargaban unos enormes fardos amarrados a sus lomos. También contó treinta carretas tiradas por bueyes. Los vehículos avanzaban pesadamente sobre sus dos grandes ruedas de madera. Había además carromatos de cuatro ruedas. ¡Y tanta gente! ¡Demasiada para contarla! Había arrieros, carreteros, comerciantes y familias enteras de viajeros. Había pastores con cabras, vacas y ovejas. Y aldeanos e indios del poblado cercano caminaban junto a la caravana para darle la bienvenida.

arriero

Francisca se puso de puntillas para ver mejor y apoyó las manos en los hombros de

Josefina: —¿No te encanta pensar en todos los lugares donde ha estado la caravana? ¿Y en los lugares desde donde vienen las cosas que trae? —preguntó.

—Sí —respondió Josefina—, por el Camino Real vienen de todo el mundo ¡hasta *nuestra* misma puerta!

La mayor parte de la caravana se detuvo para acampar a medio camino entre la aldea y el rancho, pero muchos arrieros y algunos carreteros se instalaron más cerca de la casa, en un lugar sombreado que había junto al río. Josefina vio a su padre cabalgar hasta un carromato de cuatro ruedas, agitando la mano hacia su conductor.

—¡Es abuelito! —gritó la niña señalando al conductor del carromato—. Miren, papá lo está saludando. ¿Lo ven? ¡Ya está aquí!

Francisca se inclinó: —¿Quién es esa mujer alta que va sentada al lado de abuelito? —preguntó—. Está saludando a papá como si lo conociera.

Pero sus hermanas ya se habían apartado de la ventana y corrían escaleras abajo. Josefina llegó a la cocina y asomó la cabeza por la puerta: —¡Vamos! —le dijo a Ana—. ¡Papá y abuelito están al llegar!

—¡Ay de mí! —se lamentó Ana secándose las manos y alisándose el cabello—. ¡Queda tanto por hacer! No podré estar lista para el fandango.

Cuando el carromato del abuelo cruzó el portón delantero tras el caballo del señor Montoya, Josefina fue la primera en acudir a su encuentro. Clara, Francisca y Ana la seguían a poca distancia. Josefina pensó que nunca había visto algo tan maravilloso como la cara radiante de su abuelo. Éste le pasó las riendas a la mujer que lo acompañaba y se apeó del vehículo.

—¡Mis bellas nietas! —exclamó antes de besarlas diciendo sus nombres—. Ana y Francisca, Clara y mi pequeña Josefina. ¡Dios las bendiga! ¡Dios las bendiga! ¡Cuánta dicha verlas! Ha sido el gran viaje de mi vida. ¡Qué aventuras! ¡Qué aventuras! Pero me estoy haciendo viejo para estas correrías. Me vuelven viejo antes de tiempo. Es mi último viaje, el último.

—Pero abuelo —dijo Francisca entre risas mientras lo tomaba de un brazo—, siempre repite usted lo mismo.

El abuelo echó atrás la cabeza y rió también:
—Dices bien, mas esta vez va de veras; les he traído

una sorpresa —y se volvió alargando una mano hacia la mujer que estaba en el carromato—. Aquí tienen a su tía Dolores. Ha retornado a vivir con su madre y conmigo en Santa Fe. Ahora no tengo ningún motivo para ir a la ciudad.

Josefina y sus hermanas estaban tan boquiabiertas que su padre y su abuelo estallaron en carcajadas. La tía Dolores tomó la mano del abuelo y descendió del pescante dando un airoso brinco.

El señor Montoya le dijo sonriendo: —Ya ves, Dolores, mis hijas están tan asombradas como yo. Bienvenida a nuestra casa.

—Gracias —contestó ella con una sonrisa, y volviéndose a sus sobrinas añadió—: He esperado largo tiempo este instante. No saben cuántas ganas tenía de ver a las hijas de mi querida hermana.

Después se dirigió por turno a cada una: —Ana, ¡eres la viva imagen de tu madre! Y Francisca, ¡qué alta y qué linda estás! Tú, Clara, apenas tenías tres años cuando me marché, ¿lo recuerdas?

Dolores tomó una mano de Josefina entre las suyas y se agachó para ver su cara de cerca: —Por fin nos conocemos, Josefina. Ni siquiera habías nacido cuando me fui, y mira, aquí estás, hecha

—He esperado largo tiempo este instante —dijo la tía Dolores—.
No saben cuántas ganas tenía de ver a las hijas de mi querida hermana.

31

ya una preciosa jovencita.

Dolores se enderezó. Sus ojos se iluminaban mirando a las cuatro hermanas: —¡Estoy tan contenta de verlas! ¡Soy tan feliz aquí de nuevo!

Las jóvenes, aún sorprendidas, no conseguían articular palabra, aunque sonreían tímidamente a su tía. Ana fue la primera en reaccionar: —Abuelo, tía, les ruego que pasen a tomar un refresco. Sin duda han de estar cansados y tendrán sed.

La joven condujo a su tía a través de la puerta: —Tendrá que disculparnos —le dijo—, no le habíamos dispuesto un lugar para dormir.

—¡Por Dios, mujer! —exclamó Dolores—. No estaban al tanto de mi venida. Ni yo misma lo supe hasta el último momento. Todos estos años he estado en la ciudad cuidando a mi querida tía, ¡que el Señor la tenga en su gloria! Murió la pasada primavera, poco antes de que llegara la caravana. Ya no había razón alguna para quedarse, de modo que decidí retornar a casa con mi padre.

—Sí —dijo el abuelo a sus nietas—, y no saben cómo se va a alegrar su abuela. Ya verán cuando Dolores y yo vayamos pasado mañana a Santa Fe. ¡Gran sorpresa se llevará!

Josefina no podía desviar la vista de su tía mientras todos se iban acomodando en la sala familiar. Sus gruesas paredes y sus pequeñas ventanas mantenían la estancia fresca incluso bajo el calor de media tarde.

Francisca susurró: —¿No es hermoso el vestido de la tía? Esas mangas deben de ser la última moda en Europa.

Pero Josefina no se había fijado ni en sus mangas ni en el resto de su ropa. *Es mi tía Dolores,* se repetía a sí misma, *es la hermana de mamá.*

Josefina examinaba a Dolores buscándole algún parecido con su madre. Su madre había sido la hermana mayor, pero Dolores era bastante más alta. No poseía la suave y redondeada belleza de su madre, ni su pálida piel ni su pelo negro y liso. Todo en ella resultaba más afilado y anguloso. Sus manos eran más grandes y su cara más alargada. Tenía ojos grises y un cabello ensortijado de color rojo oscuro. Su voz tampoco sonaba igual. La de su madre era aguda y cantarina como las notas de una flauta. La de la tía Dolores, en cambio, poseía un timbre delicado; era tan grave y clara como las notas de un arpa. Pero Josefina se quedó perpleja cuando la oyó reír. ¡Esa risa era tan parecida a la de su madre! Si hubiera cerrado los ojos habría pensado que era ella.

Aquella tarde no faltaron risas en la sala cuando el abuelo relató lo que había sucedido durante el viaje. Josefina se acurrucó junto a él abrazándose las piernas. Estaba feliz. Recordaba otros días en que se sentaba así con su familia para escuchar las andanzas del abuelo.

—Ha sido el viaje más singular de mi vida —comenzó el abuelo—. Bueno, a la ida no hubo lances dignos de mención. Pero, ¡ay la vuelta! ¡Bendita sea mi alma! ¡Qué aventura! Pasamos por un gran peligro. ¡Un gran peligro! Y Dolores nos salvó.

—Pero si yo no... —trató de decir Dolores.

—Sí, sí, hija mía, *tú* nos salvaste —dijo el abuelo, y volviéndose hacia su yerno y sus nietas continuó—: Como imaginan, yo estaba muy complacido de que Dolores retornara a casa conmigo, ansina que terminé mis negocios en la ciudad tan presto como pude. Todo fue a pedir de boca hasta que me presenté en casa de Dolores para cargar su equipaje. Ahí empezaron las contrariedades —en ese punto bajó la voz simulando evitar que Dolores lo oyera—. Había olvidado cuán cabezuda es mi hija. Tal vez sea la mujer más terca del mundo. ¿Y saben en qué se empeña? No, nunca lo adivinarían. ¡Se empeña en que nos llevemos su piano!

—¿Su *piano*? —preguntaron las atónitas nietas.

—Sí —dijo el abuelo satisfecho de provocar el desconcierto de todos—. ¡Semejante fastidio! Yo le dije que era demasiado

grande y pesado, pero ella me respondió que antes dejaba allí sus restantes posesiones que dejar su piano. Ansina que rezongando consentí que embalaran el piano y lo cargaran en uno de mis carromatos. Salimos de la ciudad, y a cada legua de camino yo me quejaba del maldito piano sin que Dolores dijera palabra —el abuelo meneó la cabeza—. Yo no paraba de protestar y ella como si nada. En ésas estábamos cuando llegamos al Cañón del Muerto. ¿Y saben qué pasó?

—¿Qué? —preguntaron las hermanas.

—¡Bandidos! —aulló el abuelo provocando

un sobresalto en sus nietas—. Unos bandoleros atacaron la caravana. ¡Vive Dios que nunca han asistido a tamaña pelea! ¡Gritos, disparos, estocadas! El carromato del piano iba justo detrás de nosotros. Vimos que dos malhechores saltaban al pescante y derribaban al conductor. Seis o siete de los nuestros acudieron entonces a forcejar con los bandidos para arrojarlos de allí. Entre el vocerío y la riña, los bueyes enganchados a ese carro se espantaron y trataron de escapar a trompicones. El carromato dio unos cuantos bandazos al borde del precipicio, y luego... ¡cataplam! ¡Se despeñó por el abismo!

Las hermanas escuchaban paralizadas.

El abuelo se llevó una mano al corazón:

—¡Válgame Dios! ¡Virgen santísima! Aquello sí que fue un estruendo. Primero un golpetazo y después un ¡BUUM! hueco que retumbó como un redoble de truenos. Hubiérase dicho que un gigante aporreaba todas las teclas a un tiempo. El formidable sonido rebotaba en las paredes del cañón y parecía aumentar con cada eco. Los bandidos estaban aterrados. ¡Jamás en su vida habían oído tal estrépito! Huyeron cual si les hubieran metido lumbre en el cuerpo. Corrían tan ligero como arreaban sus condenadas piernas. ¡Se me hace que aún siguen corriendo!

Todos reían, y el abuelo más que nadie recordando con gusto el susto de los salteadores. Cuando por fin paró de reír, añadió: —Después de esto puse el piano en mi propio carromato y no volví a rezongar. Ansina que ya lo ven: Dolores nos salvó porfiando para que trujiéramos su piano.

—¡Bien hecho, Dolores! —dijo el señor Montoya.

—Pero abuelito —dijo Josefina—, ¿y el piano no quedó maltrecho?

—No, mi niña —respondió la tía Dolores—. Una pata está astillada y la cubierta algo raspada, pero creo que sonará bien.

—¿Podríamos verlo? —dijo de pronto Josefina.

—Ni hablar —respondió el abuelo—. Hubimos de rehacer el embalaje y costaría mucho trabajo abrirlo ahora. Cualquier día se van a Santa Fe y oyen a su tía tocar.

El señor Montoya se aclaró la garganta: —Ni

mis hijas ni yo hemos visto nunca un piano. ¿Podría abrir el embalaje? Yo me ocuparé de cerrarlo luego.

Dolores se volvió al abuelo: —Háganos la merced. Me complacería que las niñas oyeran el piano.

El abuelo se encogió de hombros entre risas: —¡Sea, hija mía! Cómo voy a negarte algo después que has salvado mi caravana.

Dolores lo besó y, seguida por las hermanas, se encaminó con su cuñado hacia el carromato. El piano estaba en una gran caja de madera de la que el señor Montoya desclavó varias tablas. Dolores trepó al carro, se acercó al embalaje y levantó la tapa que protegía las teclas. Aunque no podía estar erguida ni tenía mucho espacio para mover la manos, consiguió hacer sonar un acorde. Luego tocó una alegre tonada mientras su cuñado y las cuatro hermanas escuchaban absortos.

Josefina sintió la vibración de la música en todo su cuerpo con escalofríos de delicia. Aunque las notas sonaban apagadas por el embalaje de madera, para ella eran tan hermosas como campanas repicando en armonía. ¡Nunca había oído una música como aquélla! Las notas eran tan nítidas, tan perfectas y delicadas que Josefina creía *verlas* flotar en el aire.

La niña escuchaba. Se daba cuenta de que por medio de la música su tía les estaba diciendo lo feliz que se sentía. La música expresaba esa felicidad mucho mejor que las palabras porque también hacía felices a quienes la oían. Josefina escuchó inmóvil, casi sin respirar, hasta que su tía acabó.

—¡Ay, Señor! —dijo Dolores cerrando con suavidad la tapa sobre el teclado—. Me temo que el piano desafina un poco y que a mí me falta algo de práctica.

Josefina deseaba tocar las teclas de aquel instrumento, deseaba producir ella misma aquella música tan maravillosa. Pero era demasiado tímida para pedírselo a su tía y no se atrevió a hablar.

—Gracias, Dolores —dijo el señor Montoya ayudando a su cuñada a apearse del carro.

—Muchas gracias —repitieron Ana, Francisca y Clara.

—Han de venir a Santa Fe —dijo Dolores sonriendo—. Tocaré para ustedes y las enseñaré a tocar.

Las tres hermanas mayores regresaron a la casa
con su tía, pero Josefina se quedó acompañando
a su padre hasta que éste terminó de cerrar el
embalaje. Quería estar junto al piano todo el
tiempo posible. Sabía que nunca podría olvidar
el sonido de aquella música ni lo que había sentido
al escucharla.

Cuando acabó, el señor Montoya vio a Josefina
y le dijo: —Te ha agradado la música, ¿verdad?

—Mucho, papá —contestó Josefina—. No quería
que la tía dejara de tocar.

El señor Montoya sonrió: —Yo tampoco.
Pero esta noche habrá bastante música de violín
en el fandango. Más vale que te vayas preparando.
Los invitados están al venir.

—Sí, papá —dijo Josefina.

Dirigió una última mirada al embalaje y se
encaminó a la casa pensando: *Ojalá hubiera una
manera de hacerle saber a la tía lo mucho que me ha
complacido la música. Me gustaría darle algo a cambio,
¿pero qué?*

Más tarde, cuando entró en el patio trasero,
Josefina halló respuesta a la pregunta: tenía un
buen regalo para su tía. *Se lo daré esta noche durante*

el fandango, pensó. Estaba encantada con su idea. La tía Dolores seguramente lo estaría también.

UN REGALO PARA LA TÍA DOLORES

cepillo y cinta

—No te muevas, Josefina —decía Francisca mientras peinaba lenta y cuidadosamente el pelo de su hermana con un cepillo de hierbas. El abuelo les había traído a sus cuatro nietas unas hermosas cintas de seda azul, y Francisca había decidido encargarse de ponérselas en el pelo a Josefina y Clara. Josefina se agitaba intranquila. Le estaba agradecida a Francisca, pero quería que *se diera prisa*. Necesitaba estar lista lo antes posible para preparar el regalo de la tía Dolores antes del fandango.

Clara se enlazó la banda de su cintura con mucho miramiento, y después se la desató y probó otra vez. Francisca ya había cepillado el pelo de Josefina y había prendido en él la cinta azul.

—¿Les parece que me queda bonita? —preguntó Clara.

Josefina y Francisca se sorprendieron. No era normal que Clara se preocupara por su apariencia. Josefina temió por un momento que Francisca contestara con alguna impertinencia, pero respiró aliviada cuando su hermana, tras observar a Clara un instante, le dijo seriamente: —Estás lindísima. El azul te favorece mucho.

Clara, radiante, se acarició la cinta del pelo.

Josefina era feliz viendo a sus hermanas en armonía. *Es porque tía Dolores está aquí,* pensó. Francisca y Clara estaban completamente de acuerdo con respecto a su tía: ambas la admiraban. Josefina sonrió para sí. Sus dos hermanas se pondrían muy contentas también cuando vieran el regalo que iba a hacerle a su tía.

—¡Se acabó! —dijo Francisca dando el último toque a la cinta de Josefina—. Te ves muy bien. Ahora, ya puedes echar a volar, Josefina. Se ve que te consume la impaciencia.

—Gracias, Francisca —dijo Josefina volviendo la

cabeza mientras salía muy apurada de la habitación.

El sol se había puesto. El aire fresco de la noche resbalaba desde las montañas trayendo la oscuridad consigo. En el patio delantero se encendieron pequeñas hogueras para iluminar y caldear el ambiente. Al cruzar el patio, Josefina oyó a Ana y Carmen dando las gracias a unas vecinas que habían llegado temprano con comida para el fandango. Nadie vio a Josefina entrar en la cocina y salir después llevando una pequeña vasija de agua.

En el patio trasero, Josefina se arrodilló frente a las flores de su madre. Una a una fue escogiendo y colocando en la vasija las más bellas y frescas. Las cortaba con sumo cuidado por la parte baja del tallo, procurando que éste fuera largo pero que no se dañaran las raíces. Como no había muchas, tuvo que arrancar casi todas para acercarse al tamaño y a la belleza del ramo que su tía Dolores merecía.

El rincón parecía desnudo cuando terminó. *No importa*, se dijo, *mamá estaría conforme. Al fin y al cabo fue tía Dolores quien le envió las semillas, y ella ha de ser quien goce de las flores. Deben ser un presente para ella.*

Josefina arregló las flores en la vasija. El ramo le

seguía resultando algo pobre, por lo que se quitó la
cinta del pelo y sujetó los tallos con un gran lazo.
¡Eso es!, pensó complacida, *ansina se ve*
mucho mejor. Como quería que las flores
fueran una sorpresa para todos, se puso
a buscar un sitio donde esconderlas. Justo
cuando entraba en el estrecho corredor
que conectaba los dos patios, tropezó con
su padre.

—¿Qué llevas ahí? —preguntó éste mirando
a Josefina por encima de las flores.

—Es... son un presente para tía Dolores
—explicó la niña—. Quería darle algo para
agradecerle su música.

Estaba demasiado oscuro para ver la cara del
señor Montoya, pero por su voz se adivinaba que
estaba sonriendo: —Me parece una gran idea
—dijo—. ¿Sabes una cosa? Durante el fandango
de esta noche haré una presentación formal de tu
tía a todos nuestros amigos y vecinos. Tal vez
podrías darle el ramo al final.

—¡Claro! —exclamó alegremente Josefina.

—Pues no se hable más, será nuestro secreto
hasta entonces —dijo el señor Montoya.

—Gracias, papá —dijo Josefina.

Cuando el señor Montoya se marchó, su hija
colocó la vasija con las flores bajo el banco del
corredor. Allí nadie la descubriría y ella podría
agarrarla rápidamente al llegar el momento de
dársela a la tía Dolores.

❋

Más y más invitados iban apareciendo a cada
instante. Un clamor de saludos se levantaba a
medida que atravesaban el patio delantero en
dirección al gran salón, la estancia principal de
la casa. Aquélla era una noche muy especial, y el
salón estaba iluminado con velas. Su luz temblorosa
hacía que las sombras de los invitados danzaran en
las paredes.

Los músicos no tardaron en interpretar una
alegre canción con sus violines, y el baile dio
comienzo. A Josefina le parecía que los danzantes
volaban por el salón con la misma soltura que las
sombras. Sus pies apenas rozaban el suelo cuando
giraban formando un remolino de vivos colores.

Nadie daba vueltas más rápido que Francisca.
Nadie parecía más feliz ni más hermosa. A la luz de

*A Josefina le parecía que los danzantes volaban por el
salón con la misma soltura que las sombras.*

las velas sus oscuros rizos brillaban como guijarros negros en el lecho del río. Josefina estaba muy contenta de ver que Ana había abandonado sus obligaciones por un rato y bailaba con Tomás, su esposo. Las señoras mayores se sentaban a los lados del salón cargando bebés en sus regazos para que las jóvenes madres pudieran bailar. Daban palmadas con las manitas de los bebés al ritmo de la música.

Josefina y Clara eran todavía demasiado jóvenes para participar en el baile, por lo que observaban la fiesta desde el patio apoyadas en el alféizar de una ventana. Los pies de Josefina bailaban con la música. Le era imposible quedarse quieta. La música parecía revolotear por el aire enroscándose en torno a los danzantes antes de salir al patio a hacerle cosquillas en los pies y obligarla a moverlos.

De vez en cuando, Josefina y Clara podían reconocer la voz de su abuelo sobre la música y las pláticas: —¡Buum! —decía—. ¡Vaya estruendo! Los bandidos escaparon como almas que lleva el diablo. Seguro que aún siguen corriendo.

Clara y Josefina se sonrieron. El abuelo repetía sin cesar la historia del piano, y las niñas notaron

que el número de malhechores aumentaba con
cada relato.

La persona que ambas niñas contemplaban con
más interés era la tía Dolores. Era fácil reconocerla
entre el gentío porque era muy alta y nadie más
tenía el pelo de un rojo tan vivo y oscuro.

—Baila bien, ¿verdad? —dijo Clara viéndola
pasar.

—Sí —respondió su hermana—, tiene tanta
gracia como... como la música.

El señor Montoya se acercó entonces a la
ventana y dirigió una leve inclinación de cabeza a
Josefina. Su hija le contestó con otra.

—¿Qué sucede? —preguntó Clara.

—Es una sorpresa —dijo Josefina entusiasmada
y sonriente—. Quédate aquí y lo verás.

Josefina escapó por el patio hasta el corredor
donde había dejado las flores. Era noche cerrada
y tuvo que agacharse para palpar bajo el banco en
busca de la vasija. No estaba allí. *Qué raro*, pensó.

Josefina se alzó, confundida, y entonces vio la
vasija. Estaba volcada junto a una pared, vacía.
¿Dónde estará el ramo?, se preguntó con ansiedad.

Examinó todo el corredor, pero el ramo no

aparecía por ninguna parte. Sin embargo, un extraño bulto blanco que se perfilaba en el patio trasero le llamó la atención. Cuando caminó hacia allí se quedó boquiabierta. ¡Aquel bulto era Florecita! La cabra había escapado de su corral y había conseguido entrar en el patio. Josefina, desde luego, *no* quería ser quien la llevara de nuevo al corral.

Cuando se volvía para pedir ayuda pisó algo. Se agachó y lo recogió, pero al principio no supo de qué se trataba. Enseguida lo averiguó: eran unos cuantos tallos verdes sujetos por una cinta azul pisoteada y sucia. Josefina se dio cuenta entonces de lo ocurrido. *¡Florecita se había comido el ramo!* Eso era todo lo que quedaba de las flores que había recogido para su tía Dolores.

Y aquello no era lo peor, porque en ese mismo instante Josefina vio lo que Florecita hacía. La cabra estaba plantada en medio de lo que había sido el arriate de flores de su madre, masticando unos tallos con toda la tranquilidad del mundo. Una malva con sus raíces colgaba de su boca. La niña vio que no quedaba ni

una flor a salvo. Los únicos restos eran varios tallos
mugrientos, partidos, masticados y aplastados
y unas cuantas hojas y pétalos desparramados
por el suelo.

La cabra clavó sus siniestros ojos amarillos en
Josefina. Parecía muy satisfecha consigo misma.

La niña estaba furiosa: —¡Florecita! —murmuró
con ferocidad—. ¡Bestia asquerosa! Lo has
arruinado *todo.*

Estaba tan enojada que se olvidó de sus viejos
temores. Fue derecha hasta la cabra y le arrancó
la malva de la boca. Florecita parecía asombrada.
Quedó más asombrada aún cuando Josefina le azotó
el lomo con los tallos diciendo: —¿Cómo
te has atrevido? Te has comido el ramo y has
destrozado las flores de mamá. ¡Te *odio,* Florecita!

Josefina empujó rabiosamente a la cabra.
Luego la agarró por uno de sus espantosos cuernos
y tiró con toda su fuerza: —¡Ven conmigo! —le
decía arrastrándola hacia el corral—. ¡Te odio y te
odiaré siempre! —repitió tras cerrar la portilla de
un golpe.

Josefina corrió hasta el banco del corredor y se
desplomó sobre él. No había nada que hacer. Miró

la manchada cinta azul y los tallos masticados que se marchitaban en su mano y contuvo unas lágrimas de desilusión.

—Josefina —dijo una voz—, ¿qué haces aquí en la oscuridad?

La niña alzó la vista y vio a su tía Dolores avanzando hacia ella. Casi no podía hablar. Mostrándole los tallos, consiguió decir con voz temblorosa: —Esto era un ramo para usted, pero una de nuestras chivas, Florecita, se lo ha comido. Además ha destrozado las flores de mamá.

—¡Vaya por Dios! —exclamó Dolores sentándose junto a ella.

Josefina contó lentamente lo que había ocurrido: —Yo quería hacerle a usted un presente por la música que nos había dado. Escogí las mejores flores y las amarré con la cinta del pelo. Las flores eran muy lindas. Habían crecido de las semillas que usted le mandó a mamá. Yo las he regado desde que ella murió, porque sé que a ella le gustaban mucho. Ahora no queda ninguna y ya no habrá más. Las flores están muertas.

La tía Dolores sabía escuchar. Mientras Josefina hablaba, se mantuvo quieta prestando toda su

atención a la niña. Ninguna de las dos percibía la
bulla y las risas que venían del salón. El fandango
parecía muy lejano. Cuando Josefina terminó, su tía
le dijo: —Muéstrame las flores de tu madre.

Josefina llevó a su tía Dolores hasta el rincón
del patio trasero: —¿Ve usted? —le dijo—, no
queda nada.

Dolores se agachó para observar lo que quedaba
de las flores. Primero tomó un puñado de tierra y se
la restregó entre los dedos. Después acarició con
delicadeza los tallos mordisqueados.

Finalmente sonrió a Josefina y le dijo: —No te
preocupes, tu madre plantó bien estas flores; las

raíces están hondas y firmes. Y tú las has mantenido sanas regando la tierra. Vivirán, te lo prometo.

Dolores se levantó y, limpiándose las manos, preguntó a su sobrina: —¿Te gusta criar flores?

Josefina asintió con la cabeza: —Antes ayudaba a mamá —contestó.

—He traído semillas de la Ciudad de México —dijo Dolores—. Quizá podamos plantarlas tú y yo mañana.

—¿De verdad? —preguntó Josefina.

—¡Claro! —dijo Dolores—. También lavaremos tu cinta. Ahora será mejor que retornemos al salón.

En la puerta se encontraron con el señor Montoya: —¿Dónde te has metido, Josefina? —preguntó éste—. He presentado a la tía Dolores, pero no pude dar contigo.

—¡Ay, papá! —contestó la niña—. Florecita se comió el ramo y casi acaba con las demás flores de mamá.

—¡Qué pena! —exclamó con tristeza su padre y, ojeando el patio, añadió—: ¿Anda suelta Florecita?

—No —respondió Josefina—, la arrastré al corral y cerré la portilla.

—¿Tú misma? —preguntó su padre—. Se me

hacía que Florecita te daba mucho miedo.

—Y me lo da, o sea, me lo *daba*. Se me figura que lo olvidé. ¡Como estaba tan enojada con ella! —dijo Josefina.

El señor Montoya se rió: —Ya lo ven, cuando menos se espera salta el valor. Bien es verdad que lamento lo de las flores.

—Tía Dolores dice que las flores volverán a crecer —dijo Josefina—. Mañana me ayudará a plantar otras semillas.

—¿Ah sí? —exclamó el señor Montoya—. Pues eso quiere decir que habrás de venir a menudo —añadió dirigiéndose a Dolores—. Tendrás que visitarnos para ver cómo van esas flores.

—Vendré, Dios mediante —dijo Dolores.

—Ahora pasen y coman algo —dijo el señor Montoya—. Ana nunca nos perdonaría si no probáramos los platos que ha cocinado.

Josefina entró en el salón tras los pasos de su padre y su tía. *Al final no fue necesario que la caravana me trujiera valentía para hacer frente a Florecita,* pensaba sonriendo para sí. *Resulta que yo ya la tenía, aunque tal vez nunca la habría hallado si no hubiera compuesto el ramo para tía Dolores.*

Una idea bailaba sin parar en su cabeza. Era un pensamiento que iba y venía como el reflejo de una estrella en el agua. Pero la idea regresaría una y otra vez a lo largo de la noche, y persistiría durante el día siguiente hasta convertirse en una viva esperanza.

LA IDEA DE JOSEFINA

pieles de oveja

Nunca había estado Josefina tan deseosa de que llegara el día. A la mañana siguiente se levantó incluso más pronto que de costumbre. Sin hacer ruido para no despertar a Clara y Francisca, enrolló las frazadas y pieles de oveja que le servían de cama, se vistió y se deslizó fuera del cuarto. La luna se acercaba al horizonte y su luz era tan pura y fuerte que todo lo bañaba de plata o de sombra.

La niña fue a la cocina. A pesar de la temprana hora, Carmen ya estaba allí moliendo maíz para el desayuno. Su esposo, mientras tanto, encendía el fuego. La mujer dio los buenos días inclinando la cabeza y, como todas las mañanas, le alcanzó un cántaro a Josefina para que ésta lo llenara de agua en el río. Pero esa mañana era distinta de las otras: ésa era la mañana del día que su tía Dolores iba a pasar con ella y sus hermanas.

Como el gran portón delantero estaba cerrado, Josefina salió por el postigo abierto en una de sus puertas. Lo cerró tras de sí y corrió por el campo cubierto de luna hasta el carromato de su abuelo. De puntillas se asomó a su interior. Allí estaba el gran embalaje que guardaba el piano de la tía Dolores. La niña metió un dedo por una grieta de la caja y acarició la madera esmaltada. Sonrió recordando el placer que la música le había dado. Después bajó hasta el río dando brincos y recordando la melodía que había tocado la tía Dolores.

postigo

Tuvo la canción en la cabeza mientras hacía los quehaceres de la mañana. Recogió huevos cantándola. Barrió los patios bailándola. Apiló leña junto a las chimeneas al compás de su ritmo. Cuando en la aldea llamaron a la misa de las siete, las campanas de la iglesia parecían repicar con la tonada. Y cuando la familia reunida frente al pequeño altar de la sala rezó sus oraciones para dedicar a Dios las tareas de la jornada, las voces parecían ondular como las notas del piano.

La música parecía estar dondequiera que Josefina fuera. ¡Y su tía también! La tía Dolores se interesaba por todo.

—Hoy quiero ver tanto como pueda —dijo durante el desayuno.

Y así fue. Después de desayunar, Josefina la llevó hasta el río atravesando milpas y campos de árboles frutales. Luego llenaron cántaros de agua con los que más tarde regaron el huerto. Allí escogieron varias calabazas bien gruesas para que Dolores se las llevara al día siguiente a Santa Fe.

—Estoy segura de que mi madre no tiene calabazas tan gordas en su huerto —dijo la tía Dolores.

Dondequiera que iba, Dolores hallaba algo que alabar. Josefina la acompañó al cuarto de tejer, donde Clara le mostró la lana de oveja que había cardado, hilado y teñido. Su tía admiró los colores y dijo: —No los

la lana de Clara

hay más finos en todo México.

Dolores era una buena maestra. Le enseñó a Clara una forma más rápida de tejerle el talón a una media. Le mostró a Francisca cómo podía coser un parche sin que apenas se notara el remiendo.

Dolores fue en busca de Josefina, que estaba en el patio trasero quitando los tallos muertos pisoteados por Florecita.

—Te traigo semillas —le dijo entregándole un pequeño bulto.

—¡Gracias! —dijo su sobrina.

—Te ayudaré un rato. Después, le he prometido a Ana que iría a amasar pan con ella. Está muy atareada, ¿no crees? —dijo Dolores mientras empezaba a cavar hoyos para las semillas.

—Sí —contestó Josefina—, y bien que se cansa. Mamá llevaba la casa como una seda, pero Ana no sabe a veces qué hacer, y mamá no está aquí para enseñárselo.

—Ana es joven —dijo Dolores tapando unas semillas con tierra—, pero tiene la fortuna de que tú, Francisca y Clara la ayudan.

Josefina asintió moviendo despacio la cabeza:
—Nos esforzamos, pero hay veces que...

La niña calló. Su tía se volvió hacia ella con mirada interrogante.

Josefina cavó un hoyito en el suelo: —Sabe —dijo suspirando—, Francisca y Clara se pelean mucho. ¡Son tan distintas! Clara es cuidadosa y sensata; Francisca en cambio es impulsiva y apasionada. Cuando mamá vivía, paraba sus riñas antes de que comenzaran, pero ahora... Bueno, Ana lo intenta, pero es demasiado blanda y no le hacen caso. Yo trato de bromear con ellas para que dejen de porfiar. Unas veces sirve y otras no...

—Bienaventurados los conciliadores, porque serán llamados hijos de Dios —susurró Dolores—. Escucha —añadió luego sonriendo a su sobrina—, que dos hermanas riñan es del todo normal. ¡Tenías que habernos visto a tu madre y a mí! Ella era bastante mayor que yo, y seguro que me veía como una pesada insoportable. Yo quería ser como ella. Un día me puse su mejor banda sin pedirle permiso, y la perdí. Tu madre estaba furiosa y no quiso hablarme durante días, pero al final me perdonó.

De pronto Josefina se dio cuenta de algo: *Tía Dolores también echa de menos a mamá, la echa de menos tanto como nosotros.* Luego dijo: —Ojalá pudiera estar usted aquí cuando crezcan estas flores para protegerlas de Florecita.

—Me encantaría ver esas flores —dijo Dolores—, pero *tú* puedes protegerlas. Ya no le temes a Florecita. No me necesitas. Conseguirás que las plantas de tu madre vuelvan a florecer y las cuidarás como es preciso. Sé que lo harás.

❋

—¡Ay, qué hermoso! Muchas gracias, tía —dijo Ana cubriéndose los hombros con un rebozo de seda; sus colores brillaban como pétalos de flor.

Acababa de concluir el almuerzo y las cuatro hermanas se habían reunido en la sala llamadas por su tía. Dolores tenía regalos para todas.

—Francisca, esto es un breviario de costura que he preparado para ti —dijo Dolores entregando a su sobrina un librito hecho a mano—. Tiene dibujos de vestidos, muestras de tela e instrucciones para hacer los vestidos.

—Gracias —dijo Francisca hojeando ávidamente el librito—. ¡Qué elegantes son estos vestidos, tía Dolores! Ojalá estuviera usted aquí para ayudarnos a hacerlos —en ese punto alzó la vista y añadió bromeando—: Me temo que coseré las mangas al revés.

—Las notas e instrucciones te ayudarán —le contestó su tía.

Francisca puso cara de duda: —Pero no sé leer, tía. Ninguna de nosotras sabe.

—¡Ah! —exclamó Dolores—. Bueno, pues en tal caso usa el sentido común. Estoy segura de que se las arreglarán muy bien si se ayudan unas a otras.

A Clara le había traído unas magníficas tijeras y varias agujas. Clara estaba encantada, porque su regalo era muy lindo y, además, muy útil.

—Y esto es para ti —dijo Dolores dándole un collar a Josefina. Una piedrecita de color rojo oscuro rodeada de oro colgaba de su delicada cadena.

—Gracias, tía —dijo Josefina sonriendo. El collar era bellísimo y sus manos temblaron de emoción cuando se lo puso.

—¡Diantre! ¿No es ése un collar de persona mayor? —exclamó Francisca.

—En efecto —contestó su tía con firmeza—. ¿Y acaso no es ya Josefina mayorcita?

Francisca calló.

—Gracias, tía. —dijo Josefina. El collar era bellísimo y
sus manos temblaron de emoción cuando se lo puso.

—Tía, ¿cómo sabía usted cuál iba a ser el presente ideal para cada una? —preguntó Ana.

Dolores sonrió: —Durante todos estos años he esperado con emoción la llegada de las caravanas a la Ciudad de México —dijo—. Sabía que mi padre traía noticias de todos ustedes y de su vida en el rancho. A veces venía con una carta dictada por mi hermana. Era como si viera crecer a mis sobrinas a pesar de la distancia. Cuando decidí retornar a casa, me divertí pensando en los presentes que les traería a cada una.

—Es en verdad una pena que no supiéramos que venía. No tenemos nada para corresponder a estos presentes —dijo Ana.

—¡Bueno está! —exclamó la tía Dolores riendo—. Este día con ustedes es el único presente que yo quiero.

Cuando el calor del mediodía dio paso al fresco de la tarde, el abuelo y Dolores caminaron hasta el pueblo para rezar en la tumba de la señora Montoya y visitar a una hermana mayor del señor Montoya, que allí vivía.

Josefina y sus hermanas se sentaron en una esquina del patio delantero todavía tibia con el calor

del sol. De cuando en cuando podían oír a los
hijitos de Ana riendo con Carmen en la cercana
cocina. Las hermanas estaban pelando unos elotes
asados, pero sin arrancar del todo las hojas.
Después debían trenzar las hojas para hacer una
larga ristra de mazorcas que colgaría al sol hasta
que el maíz se secara.

—Qué lindo haber tenido a tía Dolores aquí,
¿verdad? —dijo Josefina.

—Sí —contestó Ana—. ¡Me ha ayudado tanto!
Y ha sido tan gentil con mis chiquitos...

—La tía Dolores es una persona razonable y
trabajadora —añadió Clara. Ése era su mayor elogio.

—¡Vamos, Clara! —protestó Francisca—.
Oyéndote se diría que es tan sosa como estos elotes.
Yo la encuentro garbosa y elegante.

Josefina decidió que había llegado la hora de
contar su idea. Tomó entonces un elote y empezó a
pelarlo lentamente: —¿Qué pasaría —preguntó con
calma— si le pidiéramos que se quedara?

Sus tres hermanas quedaron mudas de sorpresa.

Josefina prosiguió: —Podría ayudarnos y
enseñarnos cosas, como ha hecho hoy.

—No se quedaría —dijo Francisca—. Está

—¿Qué pasaría —preguntó Josefina con calma— si le pidiéramos
a la tía Dolores que se quedara?

acostumbrada a la vida en la ciudad, donde hay grandes mansiones y gente de alcurnia. Ella no quiere vivir en un rancho.

—Pero dijo que siempre la había complacido oír noticias del rancho cuando abuelito la visitaba, ¿recuerdan? —dijo Josefina—. Además no se las da de dama fina ni es engreída. Le gusta estar aquí. ¿No vieron cómo se interesaba por todo?

—Sí —dijo Ana—, pero quizá haya venido con el propósito de casarse y formar una familia. No es demasiado vieja para eso.

—No tendría que quedarse para siempre —replicó Josefina—, sólo unos meses. Y comoquiera es nuestra tía, *nosotros* somos su familia.

Clara agarró varios elotes y se los puso en el regazo: —Aunque tía Dolores quisiera quedarse, no sería correcto que *nosotras* se lo pidiéramos. Papá tendría que aprobar primero la idea, y debería ser él quien se lo pidiera —dijo con su seriedad y franqueza de siempre.

A Josefina le dio un vuelco el corazón. No había pensado en eso y sabía que Clara estaba en lo cierto.

—¿Y quién se atreve a presentarle el asunto a

papá? —preguntó Clara—. Yo no, desde luego. La idea es tuya —agregó volviéndose a Josefina—. ¿Quieres hablar tú con papá?

Josefina miró el elote que había en sus manos:
—No —respondió con un hilo de voz.

—¿Irás tú, Ana? Eres la mayor —preguntó Clara.

—No, imposible —contestó Ana—. Papá podría pensar que me estoy quejando. Si le digo que necesito la ayuda de la tía Dolores, podría creer que no quiero cumplir con mis obligaciones.

Francisca se puso en pie: —¡Bah! —exclamó limpiándose la falda—. A *mí* no me asusta hablar con papá. Ahora mismo me presento ante él y le digo: "Papá, debe usted pedirle a tía Dolores que se quede."

Ana, Clara y Josefina se miraron. Sabían que ése no era el modo más adecuado de dirigirse a su padre. No porque él fuera demasiado rígido o severo, sino porque era el patrón, el amo del rancho y el cabeza de familia. Nunca le habían planteado algo tan importante. La propuesta debía hacerse de forma cortés y respetuosa.

—¡Espera, Francisca! —dijo Josefina

levantándose—. Creo que todas debemos hablar con él. Debemos ir juntas. Ansina verá que las cuatro deseamos que tía Dolores se quede.

Ana y Clara no se movieron.

—¡Vamos allá! —exclamó Josefina—. No tengan cuidado, yo platicaré si ustedes no quieren —agregó sonriendo—. Anoche tuve el valor de hacer frente a Florecita y papá es mucho más amable que *ella*.

Las hermanas hallaron a su padre junto a los corrales. Estaba ajustando el cerrojo de una portilla.

El señor Montoya sonrió cuando vio a Josefina:
—La trancadera ya está sujeta —le dijo—. No creo que habrá más chivos en las flores de mamá.

—¡Qué bien! —exclamó Josefina tragando saliva; Francisca le dio un leve empujón—. Papá —añadió entonces—, ¿podemos pedirle algo?

El señor Montoya miró a las cuatro y dijo:
—Las escucho.

—¿Sería tal vez posible —dijo Josefina con tiento— que usted le pidiera a la tía Dolores que se quedara un tiempo con nosotros?

—¿Pedirle que se quede? —preguntó el señor Montoya.

—Sí —dijo Josefina—. No para siempre, sólo

por un tiempo. Nos puede ayudar, y puede enseñarnos como... como nos enseñaba mamá. Por favor, ¿podría usted hacerlo?

Josefina vio la pena que invadía el rostro de su padre: —Consideraré el asunto —dijo éste dando media vuelta.

—¡Pero papá! —exclamó Francisca—. Usted debería...

Josefina tiró de la manga de su hermana y arrugó la frente para indicarle que callara.

—Gracias, papá —dijo Josefina y, después de vacilar un instante, añadió—: Necesitamos a tía Dolores.

Después las cuatro hermanas se marcharon.

❋

—¿Qué hará papá? ¿Creen que hablará con tía Dolores? —susurró Francisca a Clara y Josefina. Estaban en el dormitorio a punto de acostarse.

—No sé —contestó Josefina—, ojalá.

—Y si lo hace, ¿qué dirá ella? —se preguntó Francisca en voz alta.

—No sé —repitió Josefina suspirando.

—Malgastan el tiempo preguntándose qué

pasará —dijo Clara—. Mañana lo averiguaremos. La caravana de abuelito sale a primera hora. Entonces veremos si tía Dolores se va o se queda. Sólo hay que esperar.

—¡Ay! —suspiró Francisca—. ¡Odio esperar!

Sus hermanas sonrieron. Las tres odiaban esperar; en eso al menos estaban de acuerdo.

Al día siguiente se levantaron temprano. Hasta Francisca, que solía tardar en vestirse, vigilaba de cerca el carromato en compañía de Ana, Clara y

Josefina. Los criados estaban cargando el pequeño baúl del abuelo. Poco después vieron, descorazonadas, que el baúl de la tía también era trasladado al carromato.

—Papá no se lo ha pedido —gimió Francisca.

—O tal vez sí, y ella se ha negado —dijo Ana.

—No quiere quedarse —añadió Clara.

Josefina estaba tan decepcionada que no podía hablar. Cuando oyó venir a su padre con el abuelo y la tía, se le hizo un nudo en la garganta. No quería seguir allí, junto al carromato, ni un segundo más. No podría soportar la despedida.

Sin decir palabra se deslizó hasta la casa. Una vez dentro dirigió sus pasos hacia el gran salón, el único cuarto donde era seguro que no encontraría a nadie. Al adentrarse en la media luz de la estancia recordó la noche del fandango, tan llena de vida y de música. Ahora sólo había sombras.

Justo entonces vio una gran silueta negra en un rincón. Cuando descubrió lo que era contuvo el aliento.

Era el piano de su tía. Josefina se dio cuenta al instante de lo que eso significaba. Su tía nunca habría dejado el piano a menos que...

Josefina cruzó el patio y salió por el portón delantero a tal velocidad que parecía llevar alas en los pies. Su tía la estrechó entre sus brazos.

—¡Por fin apareces, Josefina! —dijo Dolores—. Quería despedirme de ti.

La niña retrocedió con la mirada fija en la cara de su tía.

—Voy a Santa Fe para ver a mi madre, a quien no he visto en diez años —añadió Dolores—. Pero después volveré.

—¿Cuándo? —preguntó Josefina.

—Pronto —contestó Dolores entre risas—.
Y cuando retorne me quedaré todo el tiempo que
me necesiten.

Josefina abrazó con fuerza a su tía. Después,
Dolores montó en el carromato.

—¡Vaya, vaya! —exclamó el abuelo fingiendo
enojo—. De modo que cuando quiera ver a mi
hija habré de venir aquí y verlas también a ustedes,
nietecitas. ¡Qué fastidio! ¡Qué fatiga! Mas al menos
hoy me libro de cargar con ese piano —añadió
suspirando—. Aunque me malicio que si topamos
con bandidos habré de espantarlos cantando.

Dicho esto, se despidió de sus nietas con un
beso y les dio su bendición.

—¡Adiós, abuelo! ¡Adiós, tía Dolores!
—voceaban las hermanas mientras el carro se
alejaba.

—¡Vuelvan pronto! —gritó Josefina agitando
la mano.

En cuanto desapareció el carromato, Josefina
corrió hasta la casa, se dirigió a la cocina y agarró
un cántaro. Quería llenarlo de agua para rociar las
flores de su madre.

Tía Dolores retornará enseguida, pensaba. *Quiero*

que las flores estén bien hermosas cuando ella vuelva.

Y Josefina se encaminó hacia el río silbando la canción de su tía.

En
el año
1824

UN VISTAZO
AL PASADO

En este cuadro se muestra a un grupo de colonos proyectando la construcción de Santa Fe, capital de Nuevo México, hacia 1608. Santa Fe es la capital más antigua en Estados Unidos.

Nuevo México es hoy uno de los 50 estados de Estados Unidos. Pero en 1824, cuando Josefina era niña, ese territorio pertenecía a México. Antes, y durante varios siglos, todo México —incluido Nuevo México— había formado parte de España. De hecho, España gobernó en otro tiempo extensas regiones que actualmente pertenecen a Estados Unidos. Los españoles fundaron numerosas ciudades y pueblos que tienen gran importancia en los Estados Unidos en la actualidad. Los Ángeles y San Francisco en California, Santa Fe en Nuevo México y San Antonio en Texas son algunas de esas poblaciones.

Los colonos españoles y mexicanos llegaron a Nuevo México hace 400 años —en 1598—, antes incluso

El área verde de este mapa pertenecía a México en 1824. La línea roja representa la frontera actual.

de que los Peregrinos desembarcaran en Plymouth, Massachusetts. Emigraban en busca de tierras para el cultivo o la ganadería y establecieron sus viviendas en las montañas y valles que se extienden a lo largo del Río Grande, el principal río de la zona. Muchos nuevomexicanos actuales descienden de aquellos primeros pobladores.

La villa de Santa Fe era la capital del territorio, pero la mayoría de los colonos vivían en ranchos o aldeas. Ni el cultivo de los campos ni la cría de ganado eran fáciles en esa tierra árida y montañosa. Tanto las sequías como las inundaciones causadas por repentinas tormentas eran una amenaza constante. Los veranos eran muy calurosos y los inviernos muy fríos. Los rayos, los osos grises, los pumas y las serpientes de cascabel mataban a los animales de granja y a veces a las personas.

Todos, incluso los niños, tenían que trabajar muy duro para salir adelante. Mientras hombres y muchachos cultivaban los campos o pastoreaban el ganado, mujeres y niñas cocinaban, limpiaban la casa o cuidaban el huerto.

*En este cuadro se muestra una escena doméstica en tiempos de Josefina. Una mujer muele maíz usando dos utensilios de piedra como los que aparecen bajo el cuadro: el rodillo o **mano** y el **metate**. La mujer que está junto a ella prepara tortillas con harina de maíz.*

Los niños como Josefina por lo general tenían abuelos, tíos y primos que vivían en las proximidades. A veces muchos miembros de una familia vivían juntos en una misma casa. Huérfanos, viudas o criados indios podían también llegar a formar parte de la familia.

Los colonos llevaron su lengua y sus costumbres a Nuevo México. Hablaban español, profesaban la fe católica y disfrutaban con la música y los bailes de México y España. Criaban animales comunes en España, como por ejemplo caballos, mulas, bueyes, burros, ovejas y pollos. Cultivaban plantas que les

Los colonos de Nuevo México mantenían muchas tradiciones españolas. Sus artesanos pintaban o tallaban hermosas imágenes para las iglesias. En ocasiones especiales celebraban alegres y animadas fiestas a las que daban el nombre de **fandangos.**

Los indios pueblo de Nuevo México calzaban mocasines de cuero. Los colonos no tardaron en adoptar estos resistentes y cómodos zapatos.

resultaban familiares, tales como trigo, cebollas, zanahorias, manzanas y albaricoques. Para regar los campos construían canales o acequias como se hacía en España. Pero los colonos también aprendieron de los indios el aprovechamiento de alimentos nativos como el maíz, la calabaza y los piñones, y a fabricar prendas como los mocasines.

Los indios pueblo habían poblado Nuevo México muchos siglos antes de la colonización española. Con el paso de los años, indígenas y colonos fueron adaptándose a vivir en vecindad. Hacia la época en que Josefina era niña, las dos comunidades se aliaban con frecuencia para combatir a grupos hostiles como los comanches, los apaches, los navajos o los utes. Miembros de esas tribus realizaban incursiones en el norte de Nuevo México para atacar ranchos y viviendas. Los

En tiempos de Josefina, los indios pueblo habitaban en poblados de adobe. Algunos de sus descendientes siguen viviendo en ellos hoy día.

colonos tenían siempre presente esta amenaza y procuraban que las mujeres y las niñas nunca se alejaran solas de sus hogares.

Los edificios de los ranchos de Nuevo México se construían en torno a un patio descubierto. Las mujeres y las niñas realizaban muchas de sus tareas en ese patio.

Familias como la de Josefina, que vivían fuera de los pueblos o aldeas, construían sus casas como pequeñas fortalezas. Los altos muros exteriores tenían

atalaya o torre de vigilancia

sólo una o dos entradas con gruesas puertas que podían quedar firmemente atrancadas. Estos edificios solían contar con una atalaya o torre para la vigilancia de los alrededores. En caso de ataque, la gente se refugiaba con el ganado dentro del recinto y las puertas se cerraban.

Los habitantes de Nuevo México necesitaban suministros de México. El Camino Real —es decir, "del rey"— era la ruta que conectaba Santa Fe con

El Camino Real conectaba Santa Fe con importantes ciudades del sur. Comerciantes, colonos, soldados y misioneros usaban este camino, que por sus rocas y desniveles era difícil de transitar.

Santa Fe

CAMINO REAL *de Santa Fe a la Ciudad de México*

Chihuahua

Río Grande

N

Ciudad de México

0   100   200   300 millas

Los nuevomexicanos tejían cálidas frazadas que usaban en sus hogares o que cambiaban por diferentes productos en los mercados del sur.

otras ciudades mexicanas situadas cientos de millas al sur. La mayoría de los comerciantes llegaba sólo hasta Chihuahua, pero algunos —como el abuelo de Josefina— alcanzaban la Ciudad de México. Consigo llevaban frazadas de lana, cueros, piñones y otras mercancías de Nuevo México. A cambio obtenían artículos de primera necesidad como las herramientas de hierro, o artículos de lujo como el chocolate. También conseguían productos de otros países como las sedas, especias y porcelanas chinas o las joyas, encajes y tejidos europeos.

Las mercancías europeas y asiáticas llegaban a México en enormes veleros. Por el Camino Real, los comerciantes transportaban hasta Nuevo México joyas, peinetas, cerámica, baúles decorados y otros artículos de lujo.

Por el Camino Real se transportaban mercancías en recuas de mulas como ésta. El grabado representa a varios arrieros cargando sus mulas antes de iniciar una jornada de viaje.

Una caravana como la del abuelo de Josefina tardaba cuatro o cinco meses en viajar desde Santa Fe a la Ciudad de México. A lo largo del recorrido cruzaba desiertos, desfiladeros, ríos y montañas, y siempre estaba expuesta a ataques de bandoleros. El Camino Real fue la única conexión entre Nuevo México y el resto del mundo durante más de doscientos años. En 1821, sin embargo, algunos comerciantes empezaron a llevar caravanas de carromatos desde el estado de Missouri hasta Nuevo México. De este modo fue creada la importante ruta comercial que, con el tiempo, se conocería como

Las caravanas que viajaban por el Camino Real iban acompañadas por escoltas de soldados que las protegían de posibles ataques.

el Camino de Santa Fe. Gentes y productos de Estados Unidos comenzaron a llegar a Nuevo México.

En 1846, sólo 25 años después, Estados Unidos declaró la guerra a México. La guerra terminó en 1848 con la ocupación por Estados Unidos de un vasto territorio —la mayor parte de su actual Suroeste— que hoy comprende los estados de California, Nevada y Utah, más buena parte de Colorado y casi todo Nuevo México y Arizona.

Josefina nunca hubiera imaginado a los nueve años que con el tiempo se convertiría en estadounidense, ni que las culturas de su pueblo y de los indios vecinos acabarían también formando parte de Estados Unidos.

En los museos vivos del norte de Nuevo México puedes descubrir cómo era la vida en los tiempos de Josefina. El Rancho de las Golondrinas, cerca de Santa Fe, y la Hacienda Martínez, en Taos, son casas restauradas de antiguos colonos nuevomexicanos. Las guías de esta foto muestran cómo se conservaban los chiles para el invierno.